정말로 행복한 사람은

다른 사람을 행복하게 해주고

자기도 따라서 행복해 하는 사람이랍니다.

나 태 주 씁니다.

_____ 님에게

행복은 이미 당신 안에 있습니다.

행복한 사람

행복한 사람

나태주 글 | 이경국 그림

템북

행복은
찾아내는 사람의
것이랍니다

행복이란

애당초 무지개 같은 것인지도 모르겠습니다.

요즘은 매우 드물게 나타나는 무지개.

예전엔 하늘이 깨끗하여

여름날 소낙비 내리고 난 하늘에 자주 걸리곤 했거든요.

바라보고 있노라면 가슴이 저절로

하늘로 오르는 듯하고 꿈을 꾸는 듯 좋았거든요.

사람들은 그렇게 높다랗게 있고, 드물고, 아름답고,
화려한 것을 행복이라고 생각하면서 살았습니다.

그렇지만 정말로 그럴까요?
사실은 나도 어려서부터 그런 줄 알고 살았답니다.
나이 들면서 생각해 보니 아니에요.
행복은 이미 우리 마음 안에 있었고,
우리가 살아가는 집안이나 직장이나 골목길 안에 있었어요.
다만 그걸 우리가 알아내지 못했을 뿐인 것이지요.
행복은 또 너무나도 작은 것들 속에 숨어 있기도 했었어요.

그런 생각들이 나에게 여러 편의
〈행복〉이라는 제목의 시를 쓰게 했어요.
그 가운데 한 편이 이렇습니다.

> 저녁 때
> 돌아갈 집이 있다는 것
>
> 힘들 때
> 마음속으로 생각할 사람 있다는 것
>
> 외로울 때
> 혼자서 부를 노래 있다는 것.

이 짧은 시에서 각 연의 앞에 나오는
'저녁 때', '힘들 때', '외로울 때'는
각각 우리가 살기 어려운 때이고
지친 때이고 쉬고 싶은 때이고
누군가로부터 위로를 받고 싶은 시간이에요.
그건 누구나 그럴 거예요.

그럴 때 '돌아갈 집'과 '마음속으로 생각할 사람'과
'혼자서 부를 노래'는 마음의 재산이고
행복의 참된 모습이에요.
그것은 누구에게나 있는 것인데,
다만 사람들이 찾아내지 못해서
자기는 행복하지 않다고 생각하는 것이지요.
내 생각은 그래요.
'이 세상 사람들은 이미 모두 다 행복한 사람들이다.
다만 자기가 행복하다는 걸 찾아낸 사람과
그걸 아직 찾아내지 못한 사람이 있을 뿐이다.'

자, 그럼 나의 행복은 무엇일까요?
이제부터 당신은 그것을 찾아내야 합니다.
어쩌면 이 책이 그 해답을 줄지도 모르겠습니다.

매미 소리를 들으며
나태주 씁니다.

서문 ⋯ 5

모든 일에 최선을 다하자 ⋯ 13

날마다 이 세상 첫날처럼 ⋯ 23

밥 안 얻어먹기와 욕 안 얻어먹기 ⋯ 39

요구하지 않기와 거절하지 않기 ⋯ 55

모든 일에 최선을 다하자

여기 한 사람이 있습니다.

이제는 나이가 여든이 가까운 남자 어른입니다.

그 남자 어른은 여섯 살에 초등학교에 입학하여
공부하다가 중학교를 거쳐서 고등학교 공부를 마친 뒤
초등학교 선생님이 되었습니다.
그때가 열아홉.
그로부터 43년 동안이나
그 남자는 초등학교 선생님으로 살았습니다.

그렇지만 그 남자 어른에게는 또 다른 꿈이 있었습니다.
그것은 시인이 되는 것이었습니다.
열다섯 살 고등학교 1학년 때부터 갖게 된 꿈입니다.

그 남자는 학교 선생님 일을 하면서,
시를 쓰면서 살았습니다.
하루도 시를 읽지 않고 보낸 날이 없고
하루도 시를 생각하지 않은 날이 없을 정도로
시를 사랑했습니다.
그래서 그 남자는
선생님 일을 직업이라고 생각했고
시인 일을 본업이라고 생각했습니다.

돈벌이로 하는 일이니까 직업이라고 생각했고
자기가 하고 싶은 일이니까 본업이라고 생각했던 것입니다.
오늘에 와서 돌이켜 보면 선생님들과 학생들에게
참 미안한 일이지만 어쩔 수 없었습니다.

그 남자는 해야 할 일이 많았습니다.
결혼을 한 사람이므로 남편 노릇을 해야 했고
아이들이 있었으므로 아버지 노릇을 해야 했고
더러는 사회에 나가 다른 사람들과 어울려 살아야 했습니다.
개인생활, 가정생활, 직장생활, 사회생활,
그 모든 것에
자기를 조금씩 나누어 주면서 살았습니다.

"모든 일에 최선을 다하자"가
그 남자의 좌우명이었습니다.

그래, 모든 일에 최선을 다하면
점점 성공하는 사람이 되고, 행복한 사람이 되겠지.

그렇지만 그의 삶은
그가 바라는 대로 되어 주지 않았습니다.
무엇보다도 만족감이 없었습니다.

내가 이렇게나 노력하고 최선을 다하는데
왜 세상은 나를 알아주지 않지?
나는 왜 가난을 면치 못하는 거지?
그렇게 오래 정성껏 시를 썼는데도
나는 왜 유명한 시인이 되지 않는 거지?

날마다 이 세상 첫날처럼

그러다가 그 남자는

덜컥 죽을병에 걸리고 말았습니다.

만으로 예순두 살이 되면 선생님은 교직에서 물러나는데,

바로 그 정년퇴임을 맞던 해의 일입니다.

8월 31일이 정년퇴임일인데,

3월 1일에 아프다는 것을 알았습니다.

그러니까 정년퇴임 6개월을 남겨놓고 그렇게 된 것이지요.

배 안의 쓸개가 완전히 터져 병원으로 실려 갔습니다.

그를 진찰한 어떤 의사도

그가 살아날 수 있다고 말하지 않았습니다.

"이미 죽을 사람이 왔군요.

병이 너무 깊이 진행되어 고칠 수가 없습니다.

어떤 약으로도 효과를 볼 수 없을 것 같습니다.

어떤 의사도 환자와 같은 분을 맡고 싶어하지 않을 겁니다."

오래고 오랜 병원 생활이 이어졌습니다.
104일 동안을 물 한 모금 밥 한 숟가락
먹지 못하고 버텼습니다.
어느 날 담당 의사가 찾아와서 말했습니다.

"이제 환자 분의 생명이 얼마 남지 않았습니다.
하루 스물네 시간을 아껴서 사십시오.
몸 안에 염증 수치가 높아서 패혈증에 걸리기 직전입니다."

"그러면 어떻게 하나요?"

"환자 분은 이제 약으로도 고칠 수 없고 수술로도 안 되고
오직 자신이 가진 자생력만 믿으셔야 합니다."

아, 어쩌면 좋단 말인가! 정말로 살아날 길은 없단 말인가!
어떻게 의사란 분이 환자에게 저렇게 말한단 말인가!

남자는 절망했습니다.
의사를 원망했습니다.
오랫동안 말을 잃었습니다.

그런 남자의 눈에 화분 하나가 들어왔습니다.

병실 한 귀퉁이에 버려진 듯 놓여 있는 화분입니다.

먼저 퇴원한 환자가 버리고 간 양란 화분이었던가 봅니다.

저 화분의 꽃이라도 그려 보자.

남자는 옆에 있던 아내에게 부탁하였습니다.

"여보, 간호사실에 가서 복사지 한 장만 얻어다 주구려."

"뭐하는 데 쓰려고요?"

"딱히 할 일도 없고 따분하니

저 화분의 꽃이라도 그려 보려고요."

평생을 시 쓰는 일과 선생님 일로 살아온 남편을
아내는 잘 압니다.
아내는 아무 말 없이 간호사실로 가서
복사지 몇 장을 얻어다 남자에게 줍니다.

복사지를 받아든 남자는 침대에서 내려와
종이에 양란 꽃을 그립니다.
두 팔에 주사기를 하나씩 꽂은 채입니다.

처음엔 지루한 시간을 견디기 위해서,
무서운 생각을 떨치기 위해서
그리기 시작한 그림입니다.

그러나 그림을 그리다 보니
마음이 그럴 수 없이
고요해지고 편안해짐을 느낍니다.
시간이 너무나 빨리 지나간다는 걸 알게 됩니다.
기쁜 마음이 조금씩 생기기 시작합니다.
그런 다음부터 남자의 병세가 조금씩 좋아졌습니다.

염증 수치가 내려가기 시작한 것입니다.
의사도 좋아하고, 간호사도 좋아하고….
병원 사람들은 그 남자에게
기적이 일어났다며 놀라워했습니다.

누구보다도 좋아하고 기뻐한 사람은
남자의 아내입니다.
하루도 빼놓지 않고
남편의 병상을 지킨 사람이니
그것은 당연한 일이기도 합니다.

드디어 남자에게 병원을 떠나는 날이 왔습니다.
6개월 만에 집에 돌아온 것입니다.
문을 열고 안으로 들어온 남자는
현관에 놓여 있는 신발을 보고 반가운 마음이 들었습니다.
아, 저 신발! 내가 신었던 저 신발!
남자는 거실에 들어서자마자
무릎을 꿇고 기도하면서 울었습니다.

얼마나 떠나기 싫었던가!
얼마나 돌아오고 싶었던가!

낡은 옷과 낡은
신발이 기다리고 있는 곳

여기,
바로 여기.

이것은 남자가 기도를 끝내고 울면서 쓴
〈집〉이라는 제목의 시입니다.

그로부터 열흘 뒤 남자는
43년 동안 다니던 학교를 그만두고
집에서만 지내는 사람이 되었습니다.
하지만 남자는 사는 일이 하나도 답답하지 않았습니다.
하나도 심심하지 않았고 지루하지 않았습니다.
날마다 새날이고 날마다 좋은 날이고
날마다 신나는 일로 가득한 날이었습니다.

마음이 고요해지고 편안해졌습니다.
마음속에 있던 불만도 사라졌습니다.
이만큼이라도 남겨 준 것에 대해서 감사하고
지금이라도 새롭게 시작할 수 있음을
감사하는 사람이 되었습니다.
그때부터 남자의 좌우명이 바뀌었습니다.

"날마다 이 세상 첫날처럼 맞이하고
날마다 이 세상 마지막 날처럼 정리하면서 살자."

밥 안 얻어먹기와 욕 안 얻어먹기

교직 생활을 끝낸 남자는 이제 늙은 사람이 되었습니다.
남자에게는 이제 시를 읽고 시를 쓰는 일만 남았습니다.

직업이라고 생각했던 선생님의 일이 끝나고
본업이라고 생각했던 시인의 일만 남은 셈입니다.
무엇보다도 남자는 그것이 기뻤습니다.
어디에도 매이지 않는 삶이 좋았습니다.
오로지 자기만을 위해서 책을 읽고 글을 쓰고
생각에 잠길 수 있는 날들이 감사했습니다.

아, 지금껏 나는 남들과 어울려
그들과 다투면서 살기 위해 공부를 했구나.
그러나 이제부터는 나만을 위한 공부를 하고
글을 쓰는 것도 좋겠구나.
지금까지 내가 알고 있는 말 가운데
가장 좋은 말은 무엇일까?

남자는 오래 생각한 끝에
단군임금이 말씀하셨다는 '홍익인간'이란 말과
세종임금이 한글을 만들어 발표하면서 붙이신
'훈민정음'이란 말을 가슴에 새깁니다.

홍익인간.

널리 인간에게 도움이 되게 하라.

아, 이 얼마나 거룩한 말씀인가!

시를 쓰더라도

널리 인간에게 도움이 되게 써야 하는 것이 아닐까.

훈민정음.

백성을 가르치는 바른 소리.

그렇다.

시야말로 독자에게 주는 가장 바르고

좋은 말이 되어야 하는 게 아닐까.

남자가 쓰는 시는 조금씩 바뀌어 갔습니다.

될수록 짧게 쓰리라.
단순하게 쓰리라.
쉽게 쓰리라.
감동을 담으리라.

남자는 세상의 무릇 작은 일이 큰일임을 알게 되었습니다.

비록 자기가 작고 보잘것없는 시를 쓴다 해도
그것이 세상에 도움을 주는 것이면
충분히 훌륭한 것이 될 수 있음을 알게 되었습니다.

무엇보다도 남자는 그것이 기쁘고,
감사한 마음이 들었습니다.

언제부터인지 모르지만
조금씩 세상 사람들이
남자가 쓴 시집을 찾기 시작했습니다.
여러 곳에서 강연 청탁이 오기 시작했습니다.
끝내는 1년에 200번 이상
다른 고장에 가서 강연하는 사람이 되었습니다.

이것은 아주 놀라운 축복이고 성공입니다.
세상으로부터 받는 칭찬이요 상입니다.

그냥 줍는 것이다

길거리나 사람들 사이에서
버려진 채 빛나는
마음의 보석들.

이것은 남자가 쓴 〈시〉라는 제목의 시입니다.

마당을 쓸었습니다
지구 한 모퉁이가 깨끗해졌습니다

꽃 한 송이 피었습니다
지구 한 모퉁이가 아름다워졌습니다

마음속에 시 하나 싹텄습니다
지구 한 모퉁이가 밝아졌습니다

나는 지금 그대를 사랑합니다
지구 한 모퉁이가 더욱 깨끗해지고
아름다워졌습니다.

이것은 남자가 쓴 또 한 편의 〈시〉라는 제목의 시입니다.

남자는 그로부터 자기의 좌우명을 다시금 바꾸었습니다.

"밥 안 얻어먹기와 욕 안 얻어먹기."

밥도 욕도 모두 남으로부터 얻어먹는 것입니다.
밥은 나의 이로움을 위해서 남으로부터 얻어먹는 것이고
욕은 나의 잘못으로 인해서 남으로부터 얻어먹는 것입니다.

그 두 가지가 서로 동떨어진 것 같아도
연결되어 있음을 봅니다.
나이 든 사람이 남들에게 밥을 자주 얻어먹으면
욕도 얻어먹는다는 것이지요.
밥은 앞으로 얻어먹고 욕은 뒤로 얻어먹는다는
말이기도 하지요.

요구하지 않기와 거절하지 않기

세월이 많이 지나

남자는 학교 선생님 일을 그만두고

시인으로만 살아온 날이

10년 하고도 5년이 넘게 되었습니다.

그 15년 동안의 날을 남자는

매우 만족하며 살았습니다.

무엇보다도 자신이 한 일에 만족하고

자신이 가진 것에 만족하는 사람이 되었습니다.

조그만 일에 감사하고 기뻐하는 사람이 되었습니다.

행복은 먼 곳에 있는 것이 아닙니다.

크고 대단한 것도 아닙니다.

나의 가까운 곳에 있고,

작고 보잘것없는 것들 속에 숨어 있습니다.

다만 우리가 그것을 찾아내지 못했을 뿐입니다.

내가 행복 그 자체였는데 그것을 몰랐을 따름입니다.

찾아내고 생각해 내고 캐내는 일이 중요합니다.

아니야 행복은

인생의 끝자락 어디에

숨어 있는 게 아니라

인생 그 자체에 있고

행복을 찾아가는 길

그 길 위에 이미 있다는 걸

너도 알겠지?

가다가 행복을

찾아가다가 언제든 끝이 나도

그 자체로서 행복해져야

그것이 정말 행복이라는 걸

너도 이미 잘 알겠지?

오늘은 모처럼

맑게 개인 가을 하늘

너를 멀리 나는 또

보고 싶어 한단다.

이것은 남자가 쓴 또 한편의 〈행복〉이라는 시입니다.

생각해 보면

이 세상 그 누구도 행복하지 않은 사람은 없습니다.

그래서 남자는 이렇게 말하기도 합니다.

"이 세상엔 자기가 행복한 사람인 것을 아는 사람과

그것을 모르는 사람이 있을 뿐이다."

그로부터 남자의 좌우명은 다시금 바뀌었습니다.

"요구하지 않기와 거절하지 않기."

사람들을 살펴봅니다.

사람들은 요구하면서 거절합니다.

그것은 오로지 자기 자신만을 위해서 사는 삶입니다.

삶의 기준이 자기 자신입니다.

자기 자신을 위해서

남에게 요구하고 남이 요구하는 것은 거절합니다.

그것이 편리한 삶이고 쉬운 삶이고 가까운 삶입니다.

그러나 그것이 끝까지 좋을까요?

절대로 그렇지 않다고 생각합니다.

어떻게 자기 자신만을 위해서 산단 말입니까?

남자의 생각은 다릅니다.

'정말로 가능할지는 모르지만

될수록 남들에게 요구하지 않고

남들의 요구를 거절하지 않으며 살고 싶다.

그렇게 할 수 있다면 얼마나 좋을까?'

그날로부터 남자는

자기 자신이 정말로 행복한 사람이라고 생각했습니다.

그 남자가 바로 나입니다.

60년 넘게 시를 쓰면서 살아온

나태주라는 사람, 나입니다.

행복은
큰 것도 아니고 멀리에 있는 것도 아닙니다.

우리 가까이,
어딘가에 숨어 있는 아주 작은 것들입니다.
그것을 찾아내기만 하면 됩니다.

자, 당신도 그것을 찾아보시지요.
이제는, 당신 차례입니다.

행복한 사람

초판 1쇄 인쇄일 2024년 3월 15일
초판 1쇄 발행일 2024년 4월 5일

지은이 나태주
그린이 이경국

펴낸이 김선희
편집 강민영
디자인 정선형
제작 이광우
경영지원 이성경

펴낸곳 템북
출판등록 2018년 3월 9일 제2018-000006호
주소 인천시 중구 흰바위로59번길 8, 지웰오피스텔 1036호
전화 032-752-7844
팩스 032-752-7840
이메일 tembook@naver.com
홈페이지 tembook.kr

ISBN 979-11-89782-72-6 (03810)